Les formes géométriques à toucher de Balthazar

Marie-Hélène Place
Féodora Stancioff
Illustrations de Caroline Fontaine-Riquier

POUR PRÉSENTER CE LIVRE À L'ENFANT :
- Installez-vous dans un lieu où vous vous sentez bien.
- Lisez l'histoire lentement, tout doucement, pour permettre à l'enfant d'entendre, de voir, de sentir.
- Lorsque vous rencontrez une forme en relief : tracez-la avec l'index et le majeur réunis dans le sens de la flèche, en gardant un geste lent et concentré, puis proposez à l'enfant de la tracer à son tour.
- Ce livre peut se lire par chapitre ou en entier, selon le rythme de l'enfant.
- Enfin, aidez l'enfant à faire le lien entre les découvertes de Balthazar et son propre environnement.
Ce livre permet de découvrir avec douceur et plaisir les formes géométriques. Il intègre le matériel sensoriel conçu par Maria Montessori.

« C'est une tout autre aventure que d'enseigner à un enfant dont les sens ont déjà été éduqués… Tout objet présenté, toute idée donnée, toute invitation à observer est accueilli avec intérêt, parce qu'il est déjà sensible à ces infimes différences telles que les formes des feuilles, les couleurs des fleurs ou les corps des insectes. Tout réside dans le fait de savoir voir et d'être intéressé à voir. »
Maria Montessori, L'esprit absorbant de l'enfant.

Éditrice : Claire Cagnat - Conception graphique et mise en page : Raphaël Hadid
© Hatier, 8 rue d'Assas, 75006 Paris, 2013. ISBN : 978-2-218-96043-7
Tous droits de reproduction, de traduction et d'adaptation réservés pour tous pays.
Loi n°49 956 du 16 juillet 1949 sur les publications destinées à la jeunesse.
Dépôt légal : 96043 7/ 01 - Février 2013 - Imprimé en Chine par Leo Paper Products LTD.
–Level36, Tower 1, Entreprise Square Five (MegaBox) – 38 Wang Chiu Road – Kowloon – Hong Kong

Les formes géométriques à toucher de Balthazar

Chapitre 1

...Où Balthazar
et Pépin découvrent
le cercle.

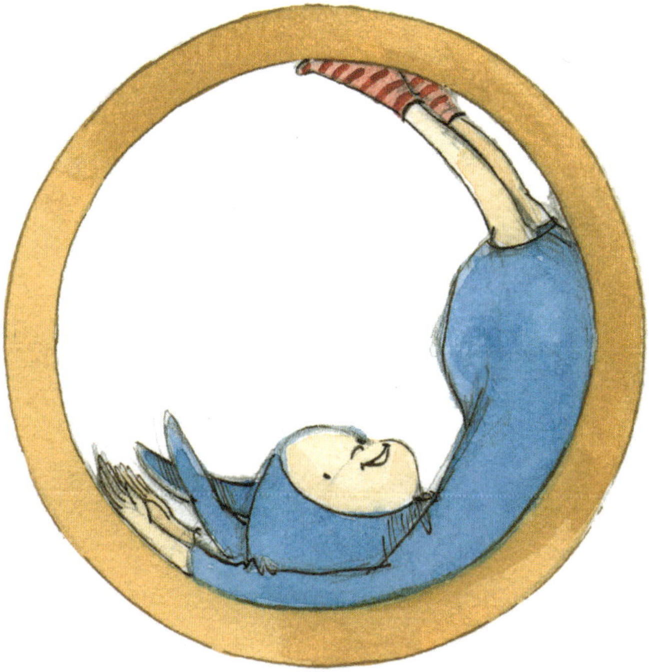

Par une belle journée ensoleillée,
Balthazar va à la plage.
Pépin l'accompagne.

— Et si on allait sur le soleil ? dit Balthazar.
— Sur le soleil ? Je crois que je n'y suis jamais allé, dit Pépin.

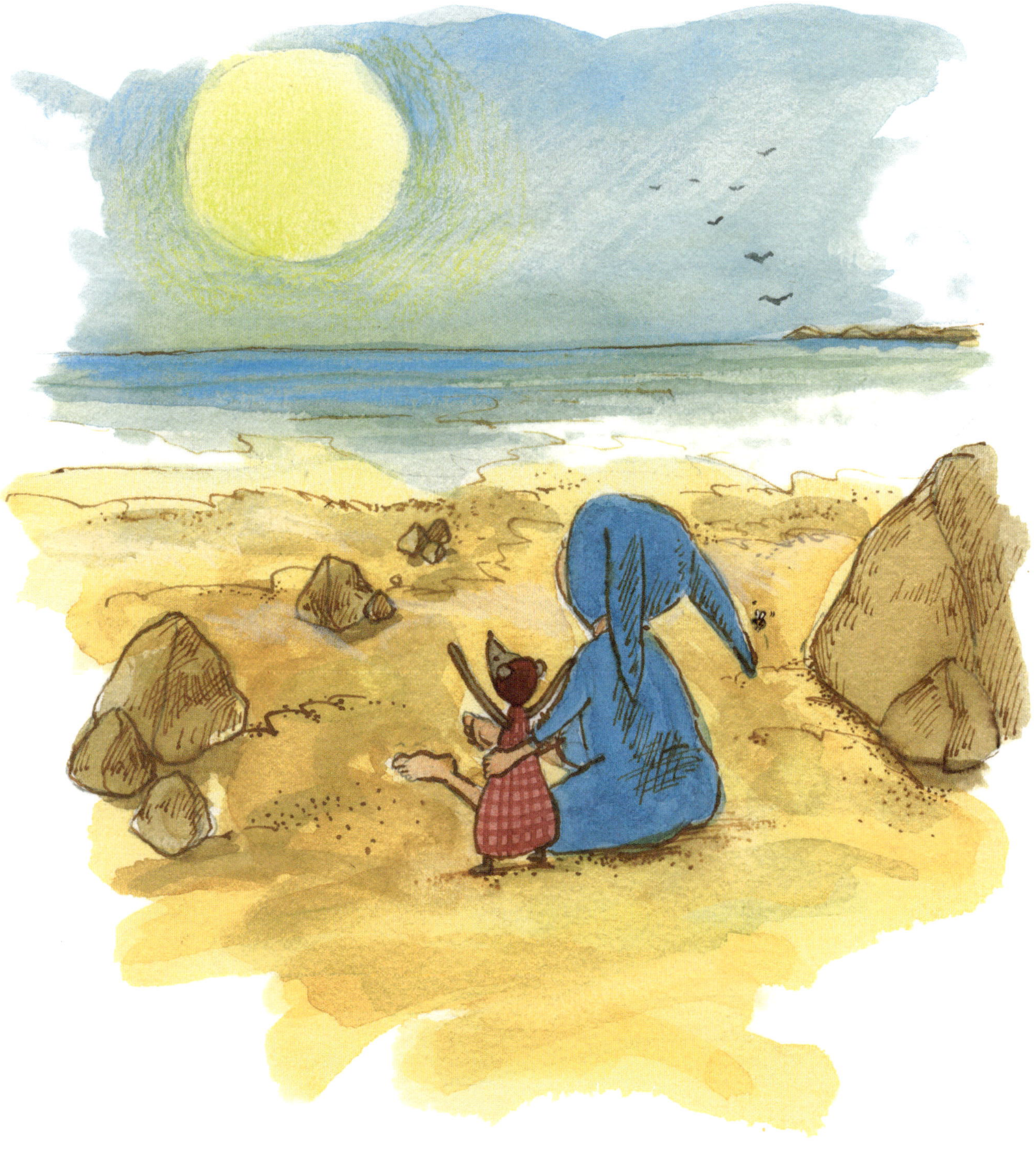

Balthazar dessine le soleil.

– Nous sommes sur le soleil.
   Tournons, tournons sur le soleil.

La mer est montée, le soleil s'est couché,
Balthazar et Pépin sont rentrés dîner.

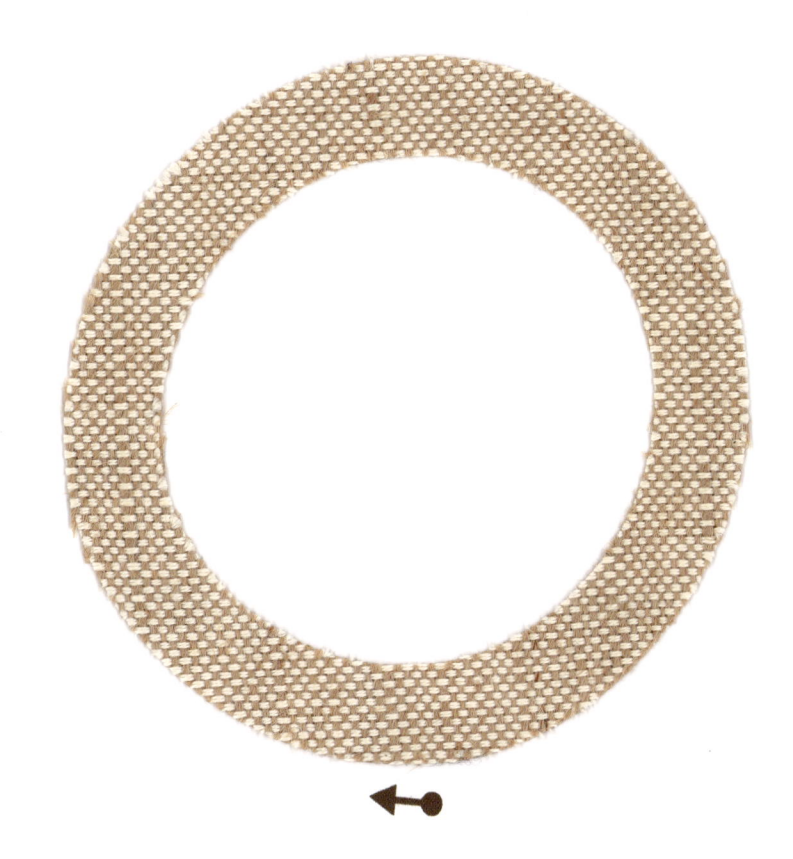

le cercle

Chapitre 2

...Où Balthazar
et Pépin découvrent
le triangle.

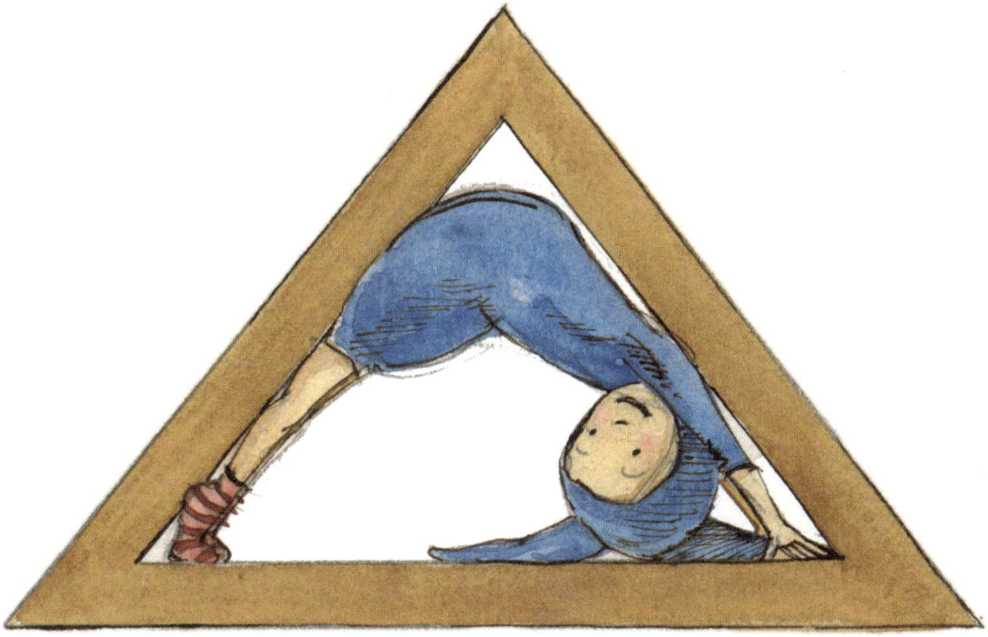

Par une belle journée ensoleillée,
Balthazar se promène dans la campagne.
Pépin l'accompagne.

— Et si on escaladait le rocher,
Pépin ? dit Balthazar.
— Non merci, dit Pépin,
je reste en bas, je te regarde.

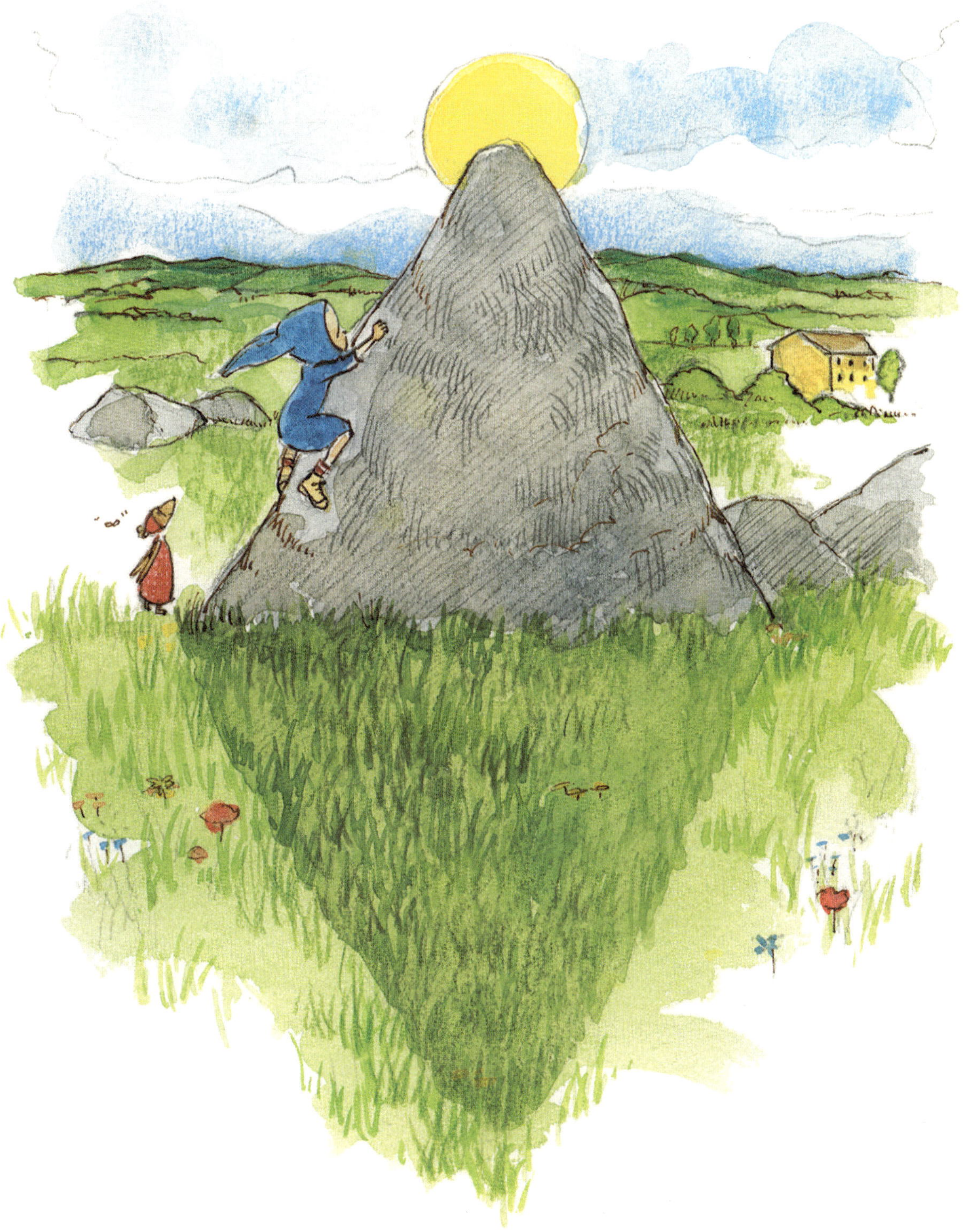

Mais le rocher
est glissant.

Balthazar a alors une idée.
Il fait le tour de l'ombre
du rocher.

– Regarde, Pépin,
je suis au sommet
tout en haut du rocher,

et je viens
te retrouver
tout en bas.

Pépin saute sur le dos de Balthazar
et ils rentrent joyeux,
en véritables montagnards.

le triangle

Chapitre 3

...Où Balthazar
et Pépin découvrent
le carré.

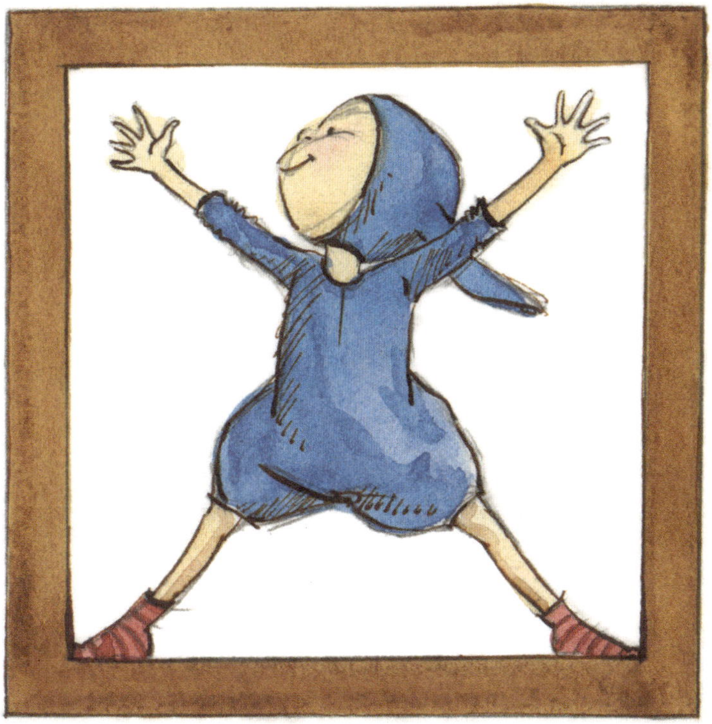

– Tu entends, Pépin ?
C'est Monsieur Constant
qui moissonne son champ.

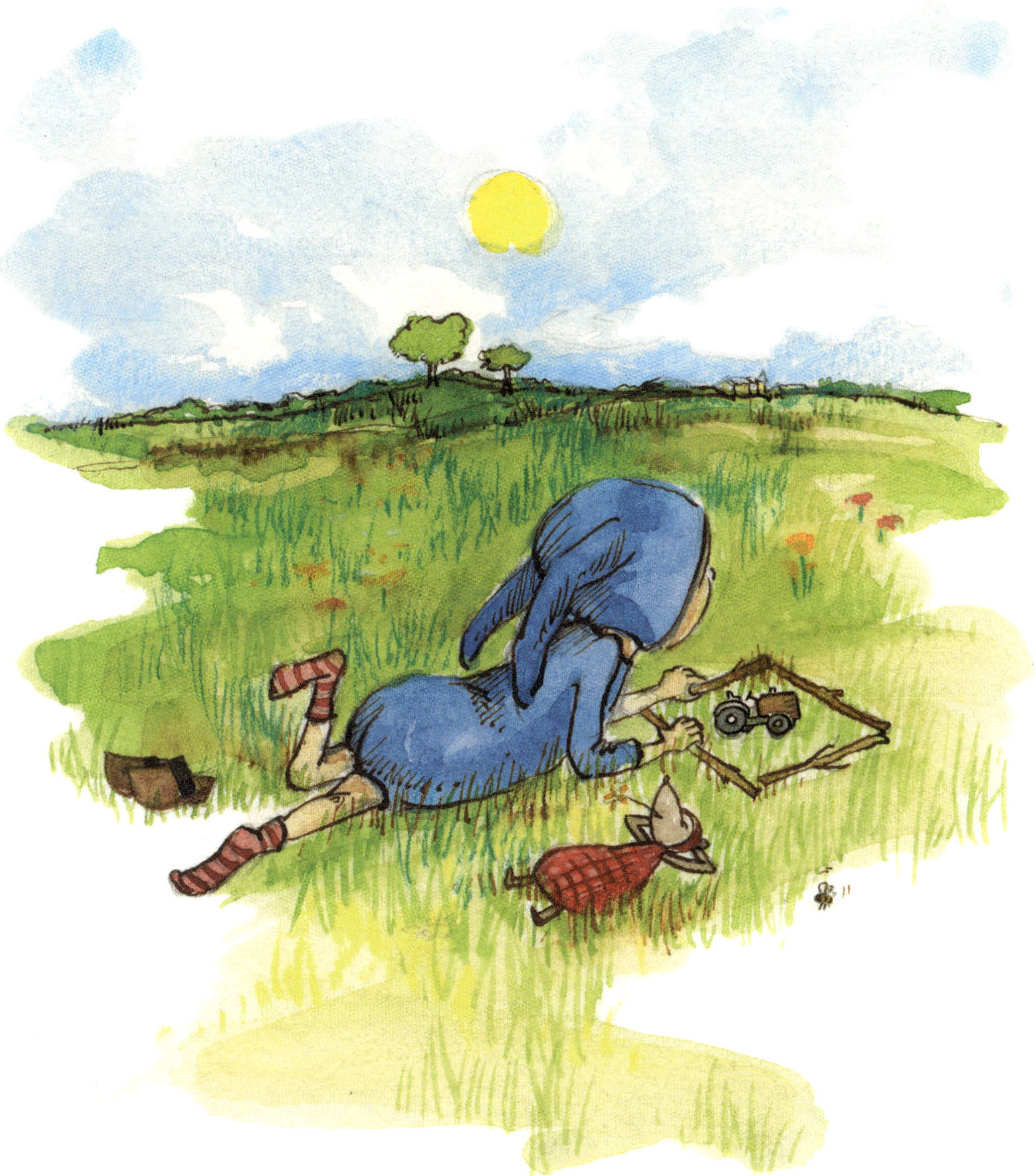

— Montez les enfants, je vous fais faire le tour du champ.

Ils coupent les blés
de chaque côté.

Balthazar et Pépin remercient Monsieur Constant.
Ils rentrent contents, avec un beau bouquet pour Maman.

le carré

Chapitre 4

...Où Balthazar
et Pépin découvrent
une autre forme.

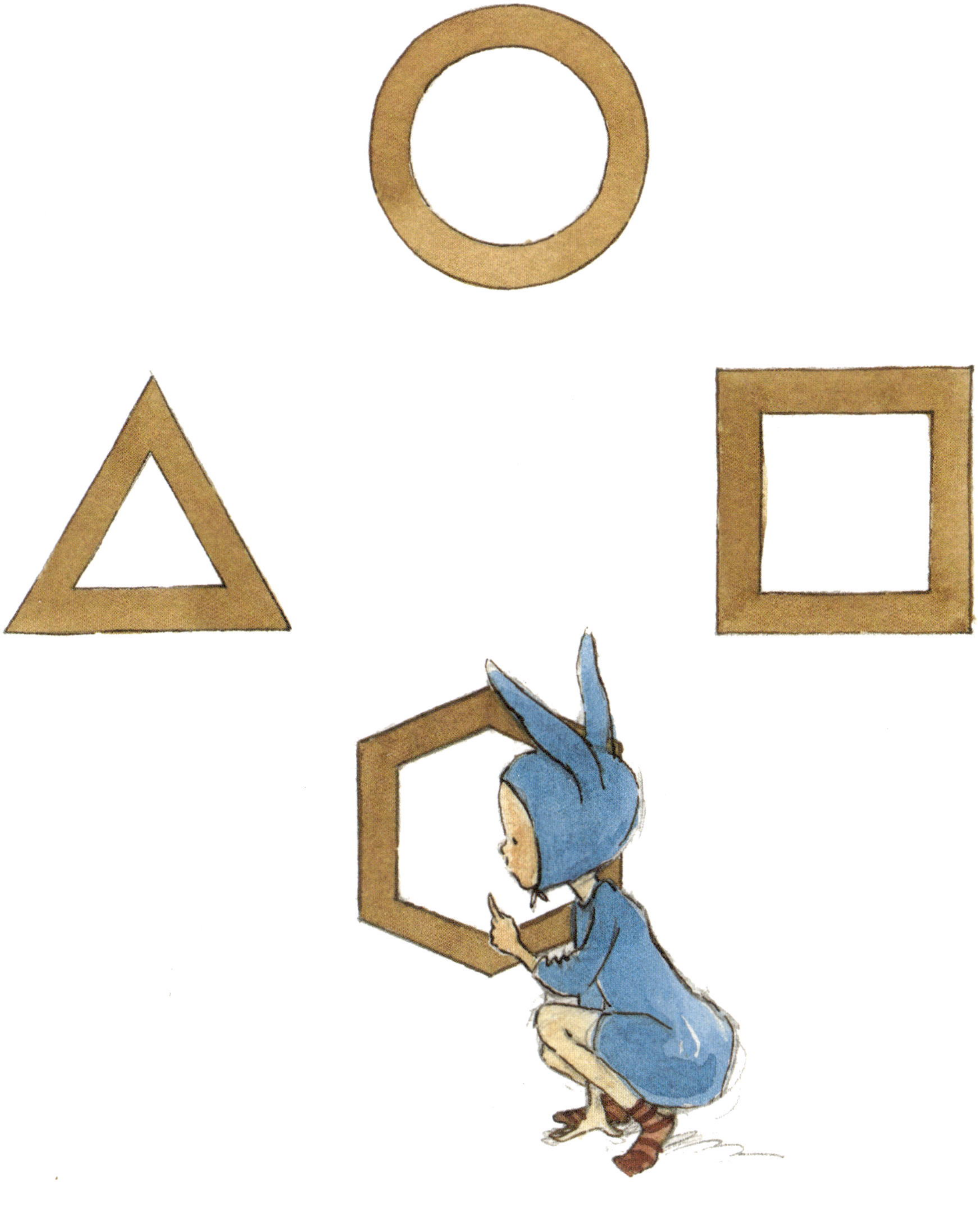

Ce jour-là, Balthazar et Pépin suivent l'abeille pour savoir où elle demeure.

– Où habites-tu l'abeille ?

– Tu t'es posée sur un cercle,
sur un triangle, sur un carré,
mais tu n'as fait qu'y passer.

– Dans une petite maison tu es entrée.
– Dis-nous l'abeille, où habites-tu ?

– J'habite cette ruche pleine d'hexagones.

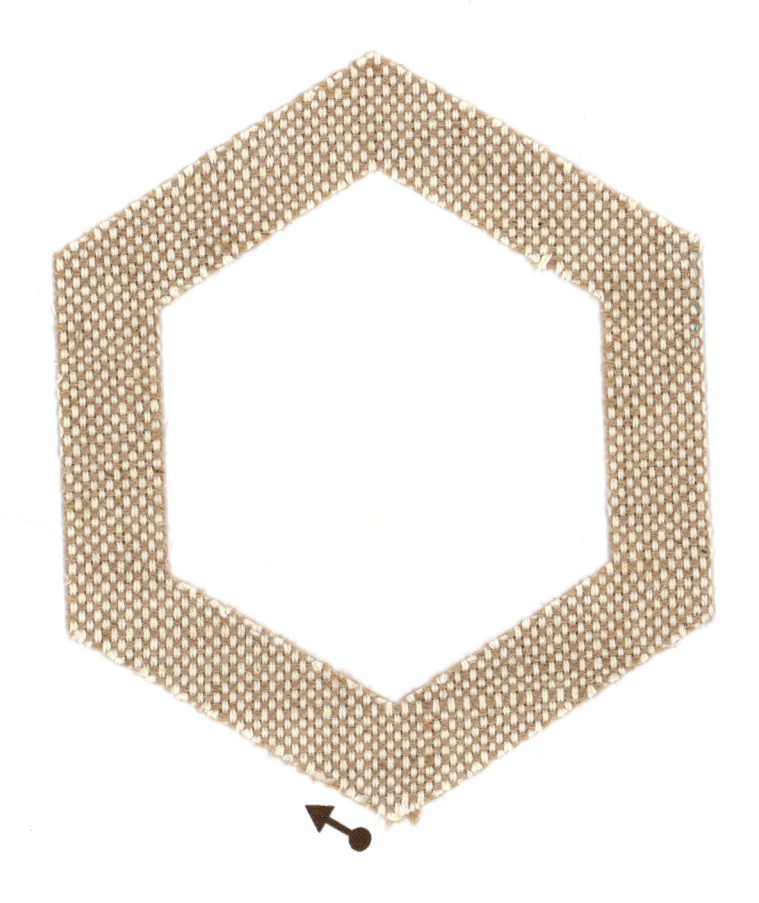

l'hexagone

Aujourd'hui, c'est la fête. Et si on jouait à retrouver toutes les formes que l'on connaît : □ ○ △ ⬡ ?

On pourrait même en trouver d'autres...

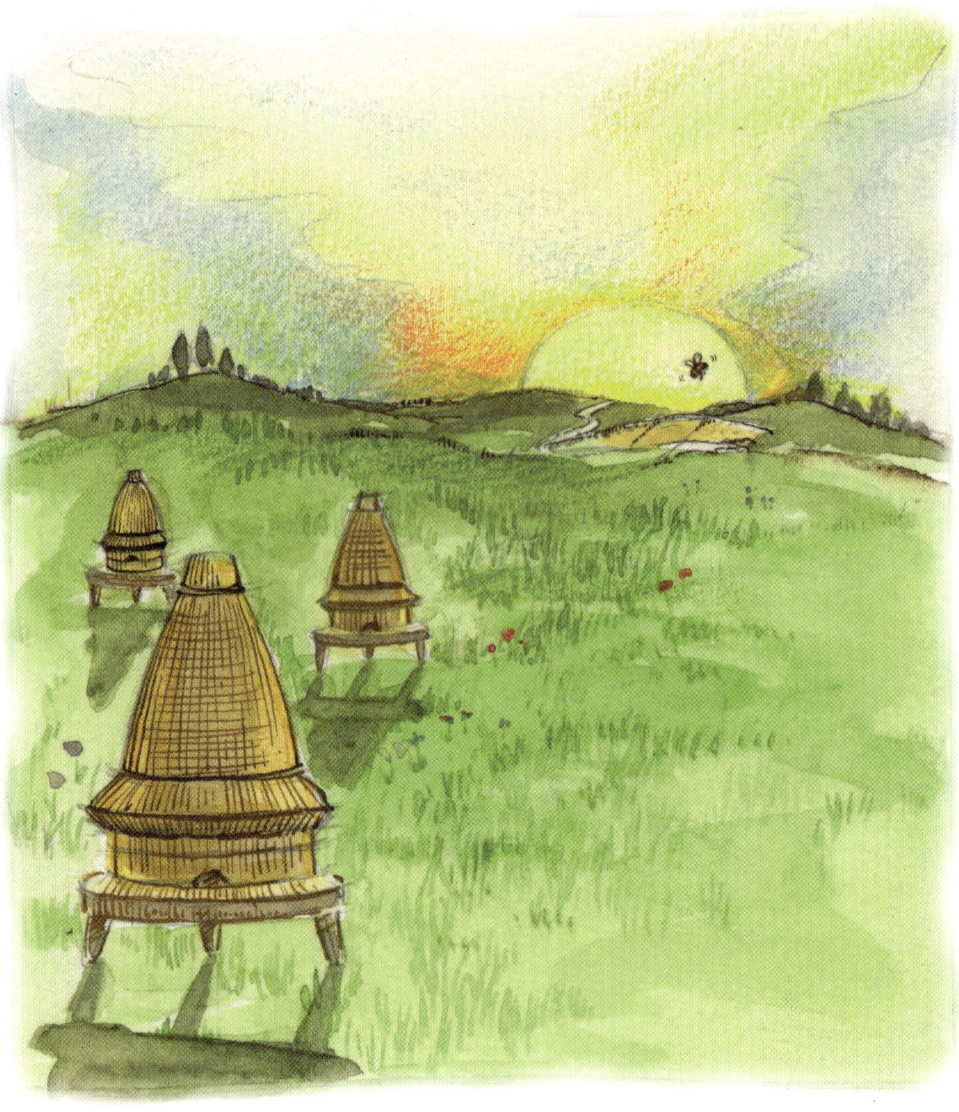